上学第一天

（美）劳丽·弗里德曼 / 文
（Laurie Friedman）
（美）特丽莎·穆芬 / 图
（Teresa Murfin）
王林 / 译

化学工业出版社
·北京·

图书在版编目（CIP）数据

上学第一天/（美）劳丽·弗里德曼（Laurie Friedman）文；（美）特丽莎·穆芬（Teresa Murfin）图；王林译. 北京：化学工业出版社，2017.5（2024.10重印）
书名原文：Back-to-School Rules
ISBN 978-7-122-29364-0

Ⅰ.①上… Ⅱ.①劳… ②特… ③王… Ⅲ.①儿童故事-图画故事-美国-现代 Ⅳ.①I712.85

中国版本图书馆CIP数据核字（2017）第062140号

Back-to-School Rules
ISBN 978-0-7613-6070-4

北京市版权局著作权合同登记号：01-2017-3230

责任编辑：刘晓婷　丁尚林　　装帧设计：刘丽华
责任校对：王素芹

出版发行：化学工业出版社（北京市东城区青年湖南街13号　邮政编码 100011）
印　　装：河北尚唐印刷包装有限公司
889mm×1194mm　1/16　印张 2½　2024年10月北京第1版第21次印刷

购书咨询：010-64518888　售后服务：010-64518899
网　　址：http://www.cip.com.cn
凡购买本书，如有缺损质量问题，本社销售中心负责调换。

定　　价：32.00元

我叫吉弗德，

今天是重要的一天。

校 车
今天我们要
上学啦!
停
如果你是第一天上
学，你也不用慌张、
烦恼和焦躁。

让我来告诉你，进入小学学习时，
你需要知道的一些守则。
听我来说一说吧，我可是个优等生哟。

我会充分利用在校时间，
我相信，你也能！
做一个好学生的秘诀很简单，
就是知道**不要**做什么。

你要遵守的第一条守则就是：

不要迟到！

不然你会被记录在案，

老师可不喜欢等人哟！

不要找借口。

不要怪他人。

不要说你本来想按时到校的，

只是被家人耽搁了。

你要遵守的第二条守则是：
不要没有礼貌。
如果你不知道对错是什么，
用苹果讨好老师也没有用。

不要在课堂上打瞌睡；
不要在走廊上横冲直撞；
不要爬到旗杆上；
不要在墙上胡写乱画；

不要破坏学校里的东西；
不要狂吃零食；
不要在老师的座位上放任何东西，
例如口香糖、钉子或针。

第三条要遵守的重要守则：

不要胡思乱想。

也就是说，把你的胡思乱想留在家里，

特别是那些荒唐的想法！

不要幻想自己挂在天花板上。

不要幻想自己在空中飞翔。

不要幻想自己在鱼缸里游泳。

不要幻想把自己的头发搞得闪闪发光。

还有一条守则要记住，
这是我反复强调的。
不要跟老师唱反调，
否则你得不到老师的“小星星”。

如果老师说："起立！"
你不要坐着不动。
如果老师说："做作业！"
你不要偷懒不做。

如果老师说："排队！"
你不要跑来跑去。
发言不要忘记举手，
除非你想面壁思过。

守则5：遵守纪律。

这条守则可是很重要哟。
它包括各种不能做的事情，
列出来非常长，
端端正正坐着，听我慢慢道来。

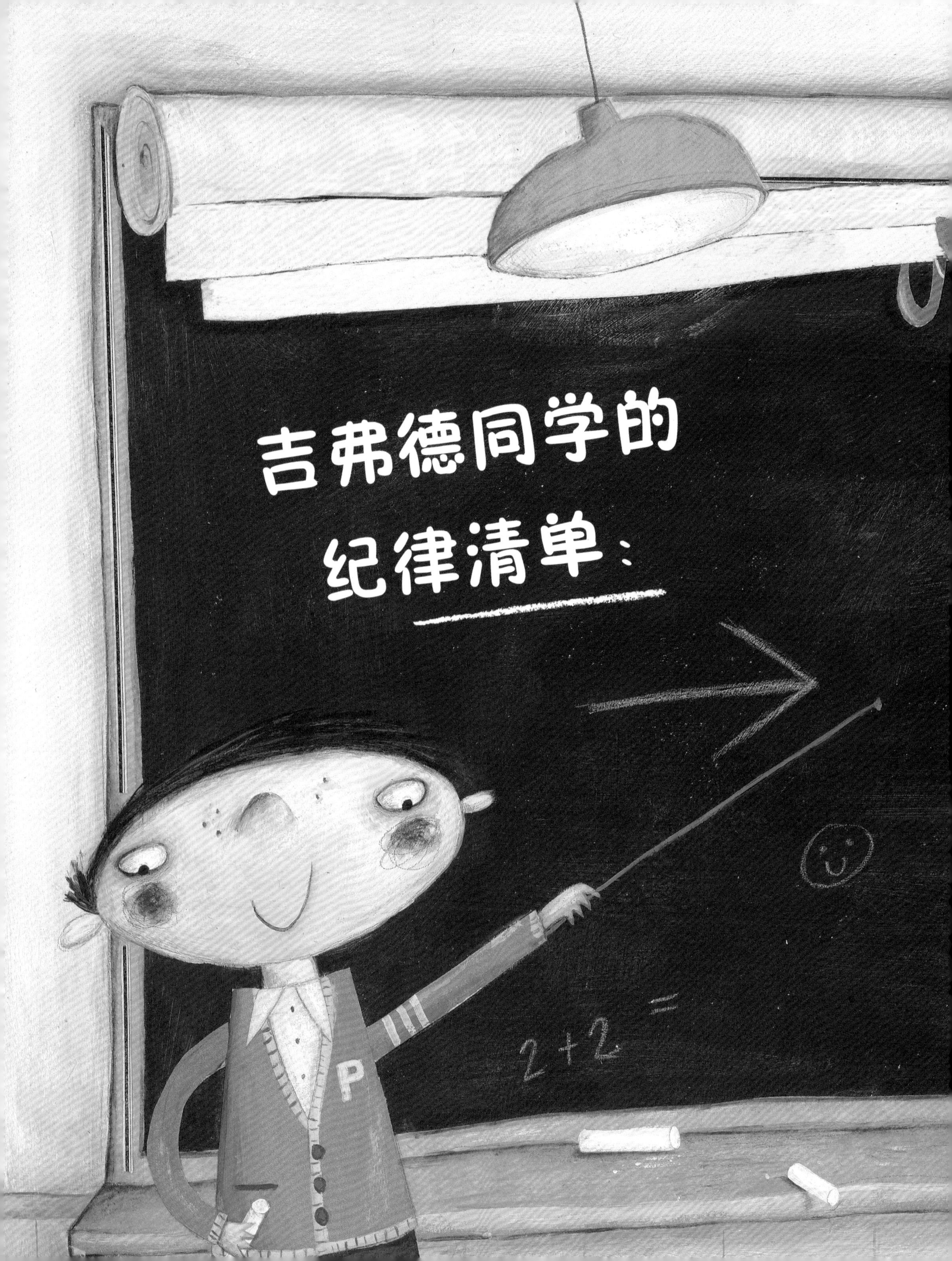
吉弗德同学的
纪律清单：
P
2+2
=

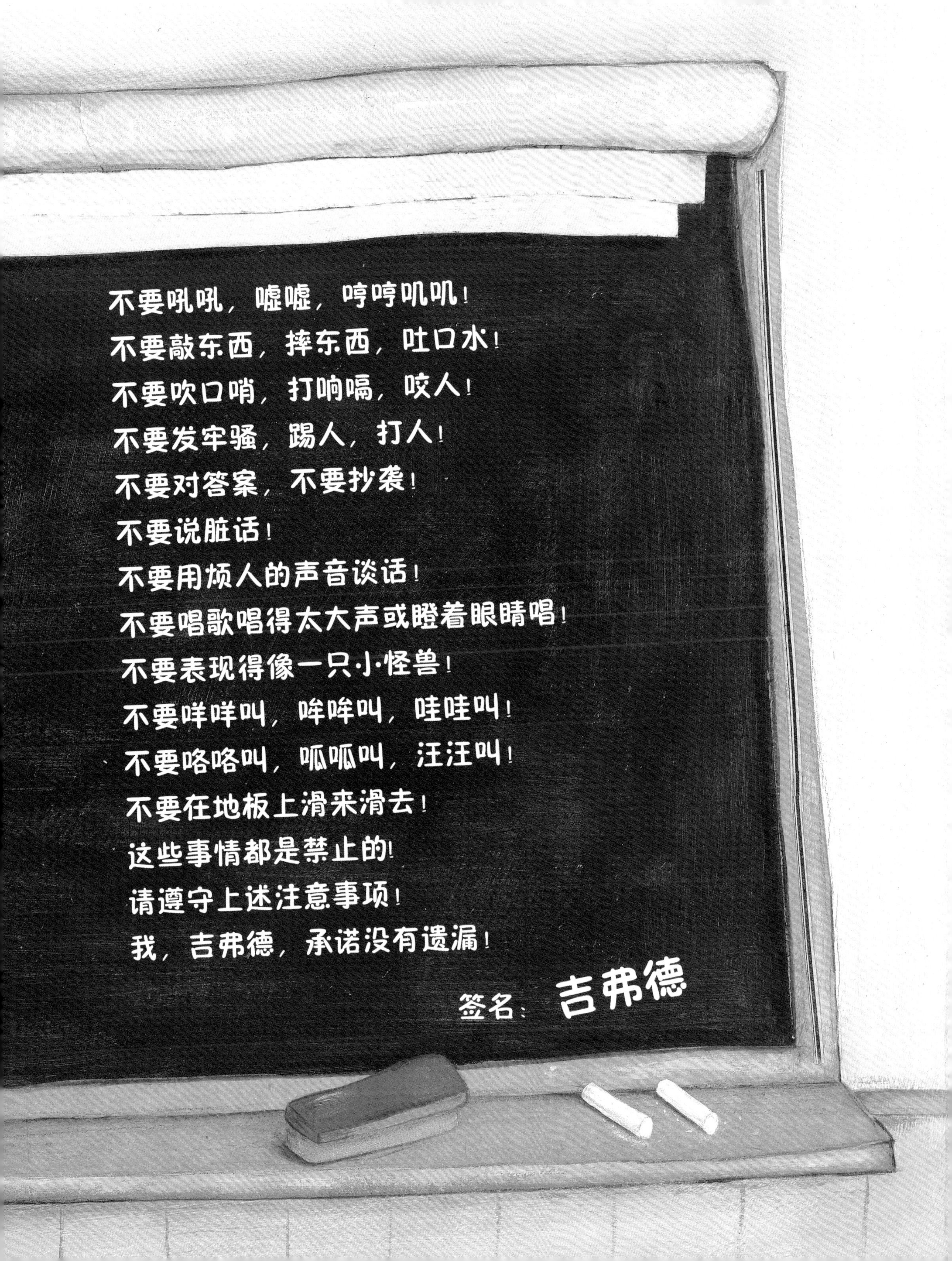

不要吼吼，嘘嘘，哼哼叽叽！
不要敲东西，摔东西，吐口水！
不要吹口哨，打响嗝，咬人！
不要发牢骚，踢人，打人！
不要对答案，不要抄袭！
不要说脏话！
不要用烦人的声音谈话！
不要唱歌唱得太大声或瞪着眼睛唱！
不要表现得像一只小怪兽！
不要咩咩叫，哞哞叫，哇哇叫！
不要咯咯叫，呱呱叫，汪汪叫！
不要在地板上滑来滑去！
这些事情都是禁止的！
请遵守上述注意事项！
我，吉弗德，承诺没有遗漏！

签名：吉弗德

如果你有事情要讲，
这条守则要遵守
（从现在开始，我决不动摇）：
不要啰里啰唆哟。

如果你要去买东西，
不要每个细节都讲。
如果你要讲故事的话，
就快快讲一个你自己的故事吧。

有人不同意你的看法，你哭一会儿也可以。
但是，你不能经常哭，
你需要说出自己的理由。

如果你没有踩着颜料，
如果你没有在头发里放口香糖，
如果你没有吞吃铅笔，
如果你没有把自己粘在椅子上，
你就不会掉眼泪，也不需要擦泪的纸巾。
不要大发雷霆，
不要看上去像世界末日到了，
老师不喜欢你这样！

还有很多事情你不应该做，
这条守则我叫作“黄金定律”。
自己不愿意接受的事情，就不应该
施加给别人。

不要戏弄别人，不要嘲讽别人，不要打别人，
不要冲人挥拳，不要捅人，不要踢人，
不要开过分的玩笑。

我要告诉你的这条守则不难理解，
当放学铃声响起的时候，你会干什么呢？

不要拿出你的啦啦队花球，
不要大叫："学校太无聊啦！"
不要呜里哇啦乱喊！
不要拼命往门边跑！

不要高兴得跳起来，
不要在往外走的时候撞到别人。
你明天还会回到学校，
这是最重要的事情！

我想，该嘱咐的我都嘱咐了，
现在你知道什么事不能做了，
遵照我的简单守则，
A^{+}的成绩在等着你哟。

不过，请等等！
在你要去学校之前，
你还应该知道一个守则，
这是非常重要的一点。

我差点儿忘了告诉你，
尤其是这会儿我都快嘱咐完了，
这最后和最重要的守则是：

River
守则 10:
快快乐乐!
ch ea
er
2+2
=4

上学了，你准备好了吗？

万平（北京市特级教师、全国优秀班主任、阅读推广人、北京史家小学教师）

亲爱的家长朋友，大家好！祝贺您，孩子就要上小学了，他（她）在生活的路上又向前走了一大步，这是多么值得高兴的事情啊！高兴中也会有些许焦虑——我的孩子能够适应吗？

做好以下几个方面，相信您的孩子就能顺利融入小学学习和生活了。

1. 学习用具的准备非常重要

小学新生的书包不轻，必须要带的书、本、铅笔、橡皮等都在其中。学习用具的收纳、管理，在刚入学时显得尤为重要。

2. 让孩子管理好自己的时间

因为学习伴随着要求和任务，小学学习和生活的时间更加有序了，要让孩子规划好学习与玩耍的时间。

3. 让孩子学会主动学习

上学后，学习中游戏的成分少了许多，更多地需要孩子集中注意力，同时也需要控制好学习的节奏，放学回家，也需要孩子主动完成老师布置的学习任务。

4. 培养良好的习惯

培养孩子准时睡觉、按时起床、按时上学等良好的生活习惯；培养孩子主动向老师问好、上课不说悄悄话等良好的行为习惯；培养孩子按照规范完成作业、遵守课堂纪律、课前预习等良好的学习习惯……

5. 学校里的小小劳动任务

每个孩子都会承担一定的责任，也会轮流承担班里的一些必要的小劳动：扫地、倒垃圾、擦黑板……这些不仅是能力，还是在培养集体意识和责任意识。

6. 对孩子进行安全教育

安全是多方面的，做游戏要注意安全，上下学要注意安全，饮食也要注意安全，等等。

7. 认识学校、认识老师、认识小伙伴们

每个孩子对新的环境都会有一个熟悉的过程，我们要鼓励孩子主动一些，开心一些……

刚入学，起步阶段会面临诸多问题，但是这一切都会成为孩子成长的台阶，有了每一位家长对孩子的陪伴、鼓励，解决了这些问题，也就意味着孩子初步适应了小学阶段的学习，意味着小学生活真正开始了……

我们为孩子们加油，也为自己加油！